Dos Gatos Maravillosos

Escrito e ilustrado por

Kaira Pérez Aguada

Gateways Books & Tapes
Nevada City, California
2019

Two Amazing Cats

Written and illustrated by

Kaira Pérez Aguada

Gateways Books & Tapes
Nevada City, California
2019

Spanish Edition ISBN: 978-84-617-3199-2

© Kaira Pérez Aguada, Mayo de 2014

Gateways Books o Tapes ISBN: 978-0-89556-286-9

© 2019 by Kaira Pérez Aguada,

Translated by: María Alejandra Aguada

Published in the U·S· by: Gateways Books & Tapes,
P·O· Box 370, Nevada Ciity, CA 95959
phone: (800) 869-0658 or (530) 271-2239
email: info@gatewaysbooksandtapes·com

A mis padres,

A mis abuelas, tíos y primos.

A mis profesoras que

me han ayudado tanto.

Y a mis compañeras,

amigas y amigos.

GRACIAS

To my parents.

To my grandmothers, uncles, aunts

and cousins.

To my teachers

who have helped me so much.

And to my schoolmates and friends.

THANKS

Érase una vez dos gatos llamados Tito y Venus.

Once upon a time there were two cats called Tito and Venus.

Tito era un gato muy bueno, pero un poco bruto, mordía cuando se emocionaba. De aspecto era blanco y negro, con el pelo corto y muy guapo.

Tito was a very nice cat, but a little rough. Whenever he was feeling excited, he would bite. He was black and white, with short hair and very handsome.

Venus era miedosa, delicada y de mal carácter, con el pelo largo de un color canela muy bonito y la nariz aplastada.

Venus was easily scared, delicate and grumpy, with long, very beautiful, cinnamon hair and flat nose.

VENUS

Kiara y sus padres cuidaban a Tito y a Venus.

Kiara and her parents looked after Tito and Venus.

Tito y Venus por las noches salían de su casa y se divertían jugando con otros gatos.

At night, Tito and Venus would go out and have fun playing with other cats.

Un día aterrador y oscuro, Tito y Venus salieron de su casa. Entonces, de repente, un ladrón cejudo se llevó a Venus en sus brazos.

On a frightening and dark day, Tito and Venus went out. Then, suddenly a thief with bushy eyebrows took Venus in his arms.

Tito no se rindió, le dio un fuerte mordisco en la pierna derecha al ladrón.

Tito did not give up. He bit the thief really hard on the right leg.

Venus tenía mucho miedo y pidió ayuda, pero el ladrón la puso en una jaula.

Venus was very scared and asked for help, but the thief put her in a cage.

Tito fue siguiendo al ladrón cuyo nombre era Manolito.

Tito followed the thief, whose name was Manolito.

Tito cuidadosamente abrió la jaula con la uña de una de sus patas traseras y la liberó.

Tito carefully opened the cage with the claw of one of his hind legs and released her.

Para que Manolito no se enterase, puso un peluche grande en la jaula y la cerró.

So Manolito wouldn't notice, he put a big plush toy in the cage and closed it.

Al final Venus y Tito fueron en un patinete a su casa. Tito conducía.

Eventually Venus and Tito went home on a scooter. Tito was the driver.

Manolito al llegar a su casa le dio la jaula a su hermana y dijo: «Mira la gata». Su hermana preguntó rápidamente: «¡¿Cuál gata?!»

Upon arriving home, Manolito gave the cage to his sister and said: "Look at the cat". His sister asked quickly, "Which cat?!"

Manolito miró la jaula y fue a su cuarto a buscar en Internet: «¿Cómo los gatos se escapan de las jaulas?»

Manolito looked at the cage and then went to his room to search the Internet for "How do cats escape from the cages?"

Vio una respuesta que ponía: «Con la uña».

He saw an answer that read: "With the claw."

33

Manolito, sorprendido se fue a la cama y pensó: «La siguiente vez compraré una alarma por si alguien abre la jaula».

Manolito shocked went to bed and thought: "Next time i'll buy an alarm in case someone opens the cage."

Enseguida se durmieron: Kiara, sus padres, Tito, Venus y Manolito y soñaron con gatos.

Right away they went to sleep: Kiara, her parents, Tito, Venus and Manolito and they dreamt about cats.

FIN

THE END

Kaira es una niña de 8 años que un día, de pronto, se dio cuenta de que quería ser escritora. Siempre le ha gustado mucho leer e inventar historias fantásticas. Le encanta escribir y compartir con otros su gran imaginación y creatividad.

Kaira is an 8 year-old-girl who one day all of a sudden realized that she wanted to be a writer. She has always enjoyed reading and making up fantastic stories. She loves writing and sharing her wonderful imagination and creativity with others.

Other Books by
Kaira Perez Aguada

La Gota Julia /
Julia the Raindrop

Gateways Books
ISBN: 978-0-89556-285-2
$10·95 retail
(available Fall, 2019)

La Otra Dimension
/
The Other Dimension

Gateways Books
ISBN: 978-0-89556-
289-0
$10·95 retail

(available Spring, 2020)

Diario De Un Gato /
  Diary of a Cat

Gateways Books
ISBN: 978-0-89556-290-6
$10·95 retail
(available Winter, 2020)

Another book
for children from
Gateways Books

Gita Takes Wing
by Gailyn Porter
Gateways Books
ISBN: 978-0-89556-283-8
$19.95 retail (available now)

Si quieres contactar con la autora escribe un email a:

If you want to contact the author write an email to:

kairaperezaguada@gmail.com

CPSIA information can be obtained
at www.ICGtesting.com
Printed in the USA
BVHW040202020420
576645BV00005B/21

9 780895 562869